被风吹散的彩虹

谨以此书送给所有我遇见的情绪与离散的人

谢谢你们

张漠然·绘著

中国商业出版社

图书在版编目（CIP）数据

被风吹散的彩虹 / 张漠然绘著. -- 北京：中国商业出版社, 2019.4
ISBN 978-7-5208-0710-4

Ⅰ.①被… Ⅱ.①张… Ⅲ.①散文诗－诗集－中国－当代 Ⅳ.①I227.6

中国版本图书馆 CIP 数据核字 (2019) 第 050582 号

责任编辑：杜　辉

中国商业出版社出版发行
010-63180647　www.c-cbook.com
（100053 北京广安门内报国寺 1 号）
新华书店经销
北京睿和名扬印刷有限公司印刷
*
889 毫米 ×1194 毫米　32 开　6 印张　96 千字
2019 年 6 月第 1 版　2019 年 6 月第 1 次印刷
定价：59.00 元
* * * *
（如有印装质量问题可更换）

这个世界上唯一没有翅膀的几维鸟，它可能一辈子也不会飞，但这并不会让它停下脚步。我们就像书里的几维鸟，可能一辈子也达不到所谓成功人士的高度，但是我们依然要努力奋斗，努力面对并接受生命中出现的每一种情绪，每一个失落。这也是都市人群的写照。

生命就像一道彩虹，拥有七种颜色。希望通过我的画与文字，表现这七种颜色、七种情绪。失恋后想起的人、理想、人生、爱情，总之几维鸟就在这七种颜色里行走，它是见证者、是聆听者，更是经历者。

它请你坐下，聊聊这些年我们犯过的情绪病。

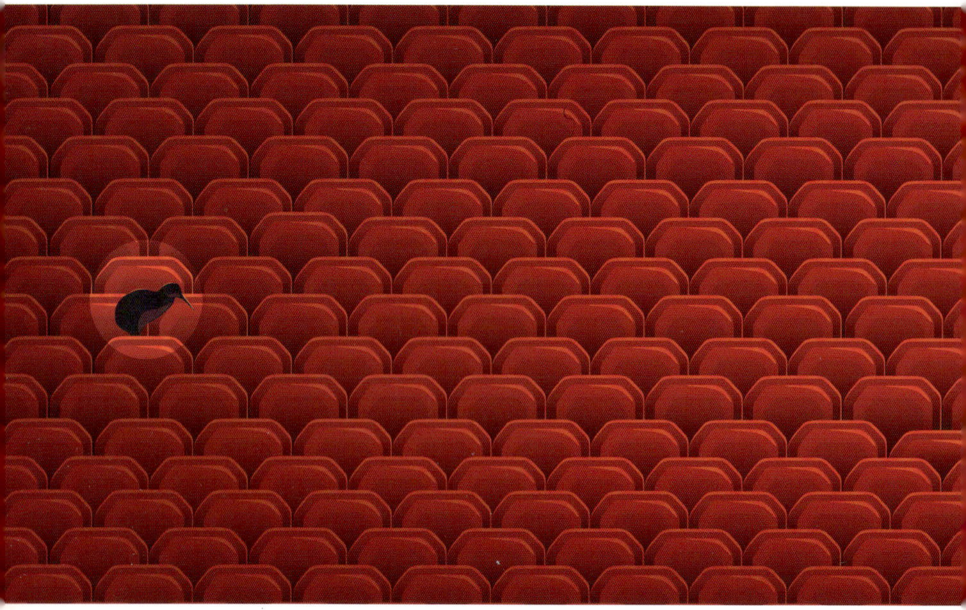

故事开始前,
请先坐在你的位置上选择颜色,
每个颜色代表一种情绪抒发。

可以是
一个失恋的我,
一个感恩父母的我,
一个思念朋友的我,
一个独自生活的我,
一个情绪低迷的我,
一个渴望理想的我,
一个遇见曾经的她的我,
位置不同看见的东西也不同。
选好就开始……

人物引导

几维鸟代表我们的定位

几维鸟是世界上唯一没有翅膀的鸟，它可能一辈子也不会飞，但它从未停下脚步，就像本书所有人的灵魂定位。

上帝给了我们同样的24小时，却没给我们同样的能力，或许我们一辈子也实现不了梦想，但这并不能成为放弃追逐梦想的借口。

鲸鱼代表回忆

关于未来我们无法预测，但回忆已实实在在埋藏在心底。

相比对未来何时结束生命的未知数，那些庞大的回忆像条鲸鱼。

但如果未来遥遥无期，而生命依然充满精彩延续很久，这样鲸鱼也就在人生的大海里显得微不可察。

鱼是被鸟吃的，代表我们渐渐被吞噬的回忆。

猫代表现实

猫代表我们在现实中需要面对的问题，和对未来的期望。

它总是安静地陪伴你，而你常常会在不经意间感受到它的冷漠，虽然它很少像狗主动讨好你，但你确实需要它的存在。

这就像现实生活一样，我们似乎都是在被动中成长。

目 录

红 色

总是在不经意间
想起一张快要模糊掉的脸

每个人心底都有那样的一个人
在忙忙碌碌的 24 小时里
会在不经意走神时想起某个人
或许是一个镜子的倒影
一次流泪、一句歌词、一种水果
一根烟、一个开关灯的瞬间
一个没抓紧气球的指尖

【情绪第 01 天】 此画说送给在车里共用一副耳机的人　03
【情绪第 02 天】 此画说送给为别人挤过牙膏的人　04
【情绪第 03 天】 此画说送给在爱情里总是被动的人　05
【情绪第 04 天】 此画说送给一起抓过娃娃的人　06
【情绪第 05 天】 此画说送给欠你圣诞节礼物的人　08
【情绪第 06 天】 此画说送给一起吃西瓜的人　11
【情绪第 07 天】 此画说送给为别人抽过烟的人　12
【情绪第 08 天】 此画说送给为你绑过鞋带的人　14
【情绪第 09 天】 此画说送给在地铁里相互依偎过的人　16
【情绪第 10 天】 此画说送给开灯睡过觉的人　18
【情绪第 11 天】 此画说送给为一首歌想起某个人的人　19
【情绪第 12 天】 此画说送给愿意和你看日出的人　21
【情绪第 13 天】 此画说送给还留着前任照片的人　22
【情绪第 14 天】 此画说送给没来得及一起看下雪的人　23
【情绪第 15 天】 此画说送给曾经为对方改变吃饭口味的人　25
【情绪第 16 天】 此画说送给一起吃糖果的人　26
【情绪第 17 天】 此画说送给酒后会想念的人　29

橙 色

爸妈说他们的人生是
从认识开始的

年少时祈祷在门前能常遇见她
总自以为经历过全部苦痛挣扎
有了家门钥匙就是长大
有了牵挂就不渴望四海为家
而越长大越害怕
成长不仅有疯狂爱过的她
还有忽略父母的白发

【情绪第 18 天】	此画说送给我们背井离乡的人	32
【情绪第 19 天】	此画说送给正在热恋的人	33
【情绪第 20 天】	此画说送给曾经深夜接你下班的人	34
【情绪第 21 天】	此画说送给背过你的人	35
【情绪第 22 天】	此画说送给共患难过的夫妻	36
【情绪第 23 天】	此画说送给为你准备早饭的人	39
【情绪第 24 天】	此画说送给所有的好妈妈	41
【情绪第 25 天】	此画说送给配得上父亲二字的男人	42
【情绪第 26 天】	此画说送给夜晚给你盖过被的人	45
【情绪第 27 天】	此画说送给母亲离世的人	46
【情绪第 28 天】	此画说送给和你一起吃面的人	47
【情绪第 29 天】	此画说送给因为坏情绪与父母争执过的人	48
【情绪第 30 天】	此画说送给中秋独自赏月的人	50
【情绪第 31 天】	此画说送给怀念离世的亲人	53
【情绪第 32 天】	此画说送给为家人而变强大的人	54

黄 色

写给朋友的一封信
写写一起疯、念念彼此的友情

那个时候我们还算年轻
有些傻子还会写信
往返一份友情、倾诉渲染笔印

那个年纪我们更容易换心
帐篷里堆满了彼此真情
不厌其烦懂你撕心裂肺的哭声

【情绪第 33 天】	此画说送给不愿去送站的人	59
【情绪第 34 天】	此画说送给为朋友迷茫时担忧的人	61
【情绪第 35 天】	此画说送给像葵花一样微笑的人	62
【情绪第 36 天】	此画说送给喜欢喝咖啡的人	63
【情绪第 37 天】	此画说送给无奈成为女汉子的人	64
【情绪第 38 天】	此画说送给曾经帮助过朋友的人	65
【情绪第 39 天】	此画说送给互换过故事的人	66
【情绪第 40 天】	此画说送给可以让你放心喝醉的人	68
【情绪第 41 天】	此画说送给努力去更大舞台的人	70
【情绪第 42 天】	此画说送给好了伤疤忘了疼的人	71
【情绪第 43 天】	此画说送给那个与你一起发疯的朋友	73

绿色
一个人的生活不累但心苦

我还是喜欢一个人的生活
因为回声会把笑声放很大

我还是喜欢一个人的对话
因为不会有人发现说谎话

【情绪第 44 天】	此画说送给容易被说中心事的我	76
【情绪第 45 天】	此画说送给痛苦时只能一个人面对的我	77
【情绪第 46 天】	此画说送给一直和你默默谈心的宠物君	78
【情绪第 47 天】	此画说送给感冒时自己照顾自己的我	80
【情绪第 48 天】	此画说送给一个人淋雨的我	81
【情绪第 49 天】	此画说送给一个人看星星的我	82
【情绪第 50 天】	此画说送给一个人去唱歌的我	84
【情绪第 51 天】	此画说送给会梦见某一人的我	87
【情绪第 52 天】	此画说送给一个人过生日的我	89
【情绪第 53 天】	此画说送给一个人互换记忆的除夕	90
【情绪第 54 天】	此画说送给一个人看电影哭过的我	92
【情绪第 55 天】	此画说送给一个人的旅行	94
【情绪第 56 天】	此画说送给不想孤单的一个人	96

青色
我在路口等风 让情绪与宣泄肆意流淌

不小心把杯子打翻
在浴室扬起宣泄的帆
有人把情绪隐藏称呼为成熟的解囊
有人把学会表演叫做成长
可情绪需要远航
不能无处安放

【情绪第 57 天】	此画说送给在跑笼里的人	100
【情绪第 58 天】	此画说送给那些忘记心疼自己的人	102
【情绪第 59 天】	此画说送给我们做过的妥协	104
【情绪第 60 天】	此画说送给我们不经意浪费的时间	105
【情绪第 61 天】	此画说送给渐渐蜕变的保护色	106
【情绪第 62 天】	此画说送给生活不易与你共赏	107
【情绪第 63 天】	此画说送给长大后的快乐	108
【情绪第 64 天】	此画说送给深夜流泪的人	110
【情绪第 65 天】	此画说送给年底还在忙碌的人	111
【情绪第 66 天】	此画说送给不得不控制喜怒哀伤的人	113
【情绪第 67 天】	此画说送给做一场电影梦的人	114
【情绪第 68 天】	此画说送给洗澡时哭过的人	115
【情绪第 69 天】	此画说送给没有了解对方就下结论的人	116
【情绪第 70 天】	此画说送给门里门外两个人的朋友	119
【情绪第 71 天】	此画说送给单车上的人	120

蓝 色

理想，你还让我等多久

我喜欢钓鱼的未知感
甩竿后在海底埋下一颗种子
期盼提竿的那天
海面上会出现一个喜欢的自己
可海很深
可风很大
期盼总被吹散又延长
幸好鱼钩还在
船还在
未知也还在

【情绪第 72 天】此画说送给为梦想成长做准备的人	125
【情绪第 73 天】此画说送给被动发展的人	127
【情绪第 74 天】此画说送给忽略幸福就在身边的人	129
【情绪第 75 天】此画说送给努力却不被理解的人	130
【情绪第 76 天】此画说送给寻找人生色彩的人	131
【情绪第 77 天】此画说送给喜欢阅读的人	132
【情绪第 78 天】此画说送给快被欲望迷失心智的人	135
【情绪第 79 天】此画说送给萤火虫的光	136
【情绪第 80 天】此画说送给一直努力从未停下脚步的人	139
【情绪第 81 天】此画说送给保持新鲜感的人	141
【情绪第 82 天】此画说送给懂得精神享受的人	142
【情绪第 83 天】此画说送给被时光打磨过欲望的人	144
【情绪第 84 天】此画说送给形象好又努力的人	145
【情绪第 85 天】此画说送给需要充电睡眠的人	147

紫 色

或许有的遗憾
就是为下辈子提前写的缘

小时候的冰激凌
总是舍不得快些吃
每次都等呀等、看呀看
希望它慢点融化
希望它可以变大
可等来了融化、等来了遗憾
错过了最好的年华
或者那些遗憾不是错过
而是最好的自己没有留给最对的他

【情绪第 86 天】此画说送给勇敢回忆的人	151
【情绪第 87 天】此画说送给偶遇前任的人	153
【情绪第 88 天】此画说送给网络速食恋爱的人	155
【情绪第 89 天】此画说送给被对方欺骗过的人	156
【情绪第 90 天】此画说送给想回到从前对自己说句话的人	159
【情绪第 91 天】此画说送给怕错过的人	160
【情绪第 92 天】此画说送给拥有过短暂感情的人	163
【情绪第 93 天】此画说送给怕爱情败给新鲜感的人	165
【情绪第 94 天】此画说送给收过花的人	166
【情绪第 95 天】此画说送给有过异地恋经历的人	167
【情绪第 96 天】此画说送给摇摆不定的人	168
【情绪第 97 天】此画说送给写过思念的人	171
【情绪第 98 天】此画说送给为等一通电话而不敢睡的人	172
【情绪第 99 天】此画说送给地铁里拥抱的人	175
【情绪第 100 天】此画说送给限时恋爱的人	176

红色：总是在不经意间，想起一张快要模糊掉的脸

每个人心底都有那样的一个人，在忙忙碌碌的 24 小时里，会在不经意走神时想起某个人。

或许是一个镜子的倒影、一次流泪、一句歌词、一种水果、一根烟、一个开关灯的瞬间、一个没抓紧气球的指头。

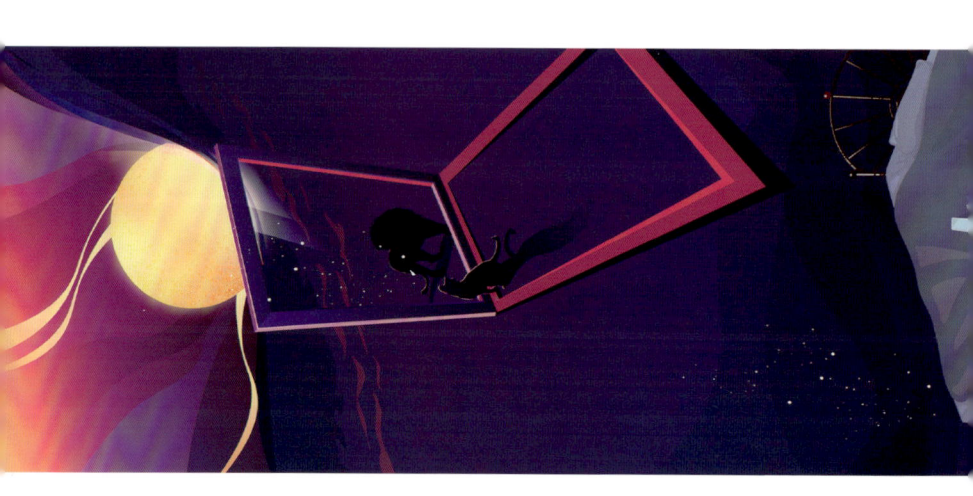

她们每天在同一时间
遇见同一个人

交换好位置擦亮镜子
背诵坚强的词

莫名其妙想出的名字
倒影寂寞样子

一个天真躲在床下
倔强装扮自己的家
无论别人怎么评价
受多少伤也看晚霞
流过多少泪也不怕

另一个成熟说说悄话
说给夜夜星光疗痕
说给每盏灯的体温
说每个有故事的人
说你我是否还有恨

故事：两个人分手后的各自生活叙述

被风吹散的彩虹

红色：总是在不经意间，想起一张快要模糊掉的脸

Mood 01

《情绪第 01 天》
此画说送给在车里共用一副耳机的人

他

左耳旋律最怕眼红
右耳歌词最怕读懂

直到现在我也不知道耳机上标注的 R、L 各代表什么
不过觉得,如果与在意的人同坐在车后排
同戴一副耳机,同听一首歌一定会很幸福
就像我们那天那样

车窗外的路灯瞬间变成绚丽的彩带,穿过耳机连接你我
让各自浮躁不安的心,暂时平静下来
不管是单曲循环的往事,还是随机播放的未来
只要此刻的音乐不停,我们便仍继续可好
准备好接受命运的安排

被风吹散的彩虹
红色：总是在不经意间，想起一张快要模糊掉的脸

Mood 02

《情绪第 02 天》
此画说送给为别人挤过牙膏的人

她

如果再见时挤出的微笑
像为你挤牙膏那样容易多好

怪我今天挤牙膏走了神儿
早上为你挤过牙膏这事儿
谈不上什么制造浪漫
只是一个顺手的习惯

这一切很自然
如果最后说再见的时候
挤出的祝福和微笑
能像在一起那样自然习惯有多好

Mood 03

《情绪第 03 天》

此画说送给在爱情里总是被动的人

他

我在眼泪里撒了盐
踏着回忆冲向浪尖

回忆仿佛是在冲浪
浪一次再一次涌来，卷起回忆红了眼
可能就是为了让时间慢一点
所以在眼泪里加了盐
结束后总会在伤口没愈合时
突然想起她
或许在街头
或许在手机收藏里
过了多年没有委屈与抱怨
有的只有曾经在一起时的甜

被风吹散的彩虹

红色：总是在不经意间，想起一张快要模糊掉的脸

《情绪第 04 天》
此画说送给一起抓过娃娃的人

她

有的人
抓住希望比面对遗憾更需要勇气
有的人
小心翼翼将幸福提起却败给运气

我们的爱情保质期就在一年里
所以每一天都是唯一
是第一次也是最后一次
不会重复
唯一的情人节
唯一的生日
唯一的抓娃娃
唯一的分离
唯一的遗憾
唯一的很多
很多

Mood 04

被风吹散的彩虹
红色：总是在不经意间，想起一张快要模糊掉的脸

Mood 05

《情绪第 05 天》
此画说送给欠你圣诞礼物的人

他

圣诞老人欠我一个满意的礼物
我欠生活一个知足的答复

不知道这个圣诞节少了什么
朋友还在,酒还在,朋友圈的笑容还在
可总觉得没从前快乐
可能是喧嚣热闹后
想起一个人回家的风筝断了线
可能是欠一个礼物还没还完

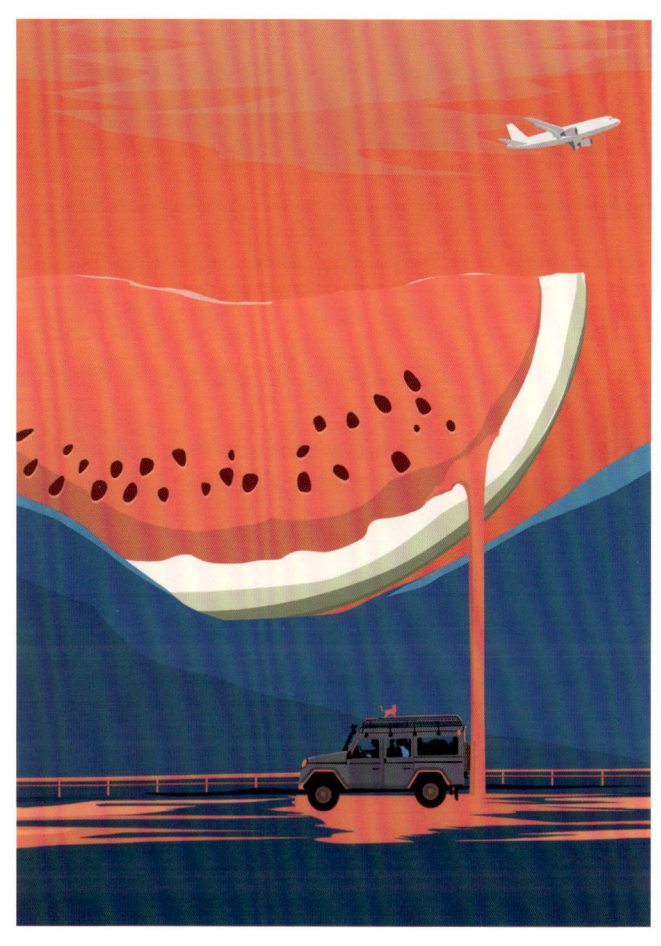

被风吹散的彩虹
红色：总是在不经意间，想起一张快要模糊掉的脸

Mood 06

《情绪第 06 天》
此画说送给一起吃西瓜的人

她

是否遗憾换爱流年
眼看应季水果流失了甜
是否习惯被传染
在每个走神的不经意间

你会不会有准备水果的时候想起他的习惯
就像我这个季节习惯切好瓜等你回家

一刀两半是后来的结局吗
彼此做过多少迁就对方的习惯
可后来却变成了不甘

被风吹散的彩虹
红色：总是在不经意间，想起一张快要模糊掉的脸

《情绪第 07 天》
此画说送给为别人抽过烟的人

他

再陪我抽完这根烟
然后烟花消散
步履人间

那天你挤出的笑容不太自然
那天我抽的烟至今还没点燃
你说不喜欢我烟草的手指间

现在没有顾虑
却为什么熄灭后有洗手的习惯

Mood 07

被风吹散的彩虹
红色：总是在不经意间，想起一张快要模糊掉的脸

《情绪第 08 天》
此画说送给为你绑过鞋带的人

她

我预感到你会照顾我很好
却没想到连情绪都照顾到
相比为情愿而做的付出
遇见更辛苦

你知道吗
我那么努力学会细心
可能
就是为了遇见你的时候能好好照顾你
哪怕是在电梯里的一个不经意

Mood 08

被风吹散的彩虹
红色：总是在不经意间，想起一张快要模糊掉的脸

《情绪第 09 天》
此画说送给在地铁里相互依偎过的人

他

你是末班地铁里的鲸
准备一个到终点的心
不曾羡慕路途的风景
却提前到站留下微笑声

这是一趟不会再有的末班地铁
我们相互依偎
时间在静止
胶片在倒叙
身旁的乘客就像导演为我们安排的布景
你转过头对我
"你知道 Alice 鲸鱼吗？她的频率有 52 赫兹，
而正常鲸鱼的频率是 15～25 赫兹，所以没人听得见她。"
当我茫然地看着你时
突然你傻笑着说
"我有时觉得自己像 Alice,
不过没想到你的赫兹也是 52，谢谢你懂我。"
……
后来
你没有到站就下了车
而我还会时不时听见那次的笑声

（这一切，车门拥抱的情侣可以作证）

Mood 09

被风吹散的彩虹

红色：总是在不经意间，想起一张快要模糊掉的脸

Mood 10

《情绪第 10 天》

此画说送给开灯睡过觉的人

她

解决怕黑的方式
除了开灯就是想起你

回忆会失眠
失眠会怕黑

我一个人在台灯下沉睡
而那条鲸鱼再一次出现陪我
那天朋友问我：
"在陌生的城市，一个人在
酒店会不会怕黑？"
"不会呀，开着灯睡就好了。"
可我知道如果真的不会，就不用开灯
也许是没关上回忆的门
没忘记替我关灯的人

Mood 11

《情绪第 11 天》
此画说送给为一首歌想起某个人的人

他

歌词像一根刺
无法拔出彼此
究竟是不是写词人看透心事
还是月光出卖我隐瞒的过失
房间倒叙有你的影子
音乐响起拔不出心里的刺

房间里的音乐好像知道离开了你
所以每首歌都在提起这话题
那些装着心糙的狐朋狗友
在 KTV 里也会因为一首歌安静下来
想起某一个人
情歌有些短，思绪播不完

被风吹散的彩虹

红色：总是在不经意间，想起一张快要模糊掉的脸

Mood 12

《情绪第 12 天》
此画说送给愿意和你看日出的人

她

就算日出梦散也要把心读完

还会有人跟你看日出吗
有些人就是这样
明知道这是一场梦
也会陪你看完日出再走

掀开了幕布
看见了日出
可日出了、梦散了
从此以后不会再有恰巧的日出
恰巧的人了

被风吹散的彩虹
红色：总是在不经意间，想起一张快要模糊掉的脸

Mood 13

《情绪第 13 天》
此画说送给还留着前任照片的人

他

我才懒得看照片上你的微笑
只是还没猜出你口红的色号

好像手机中了毒
怎么你的照片删也删不完
就像你过肩的长发
就像春雨后的枝芽
就像我曾经脸颊上口红印的色差

Mood 14

《情绪第 14 天》
此画说送给没来得及一起看下雪的人

她

还没来得及一起看雪
我们就融化了

下雪了
或许它和我一样
都错过了你

被风吹散的彩虹
红色：总是在不经意间，想起一张快要模糊掉的脸

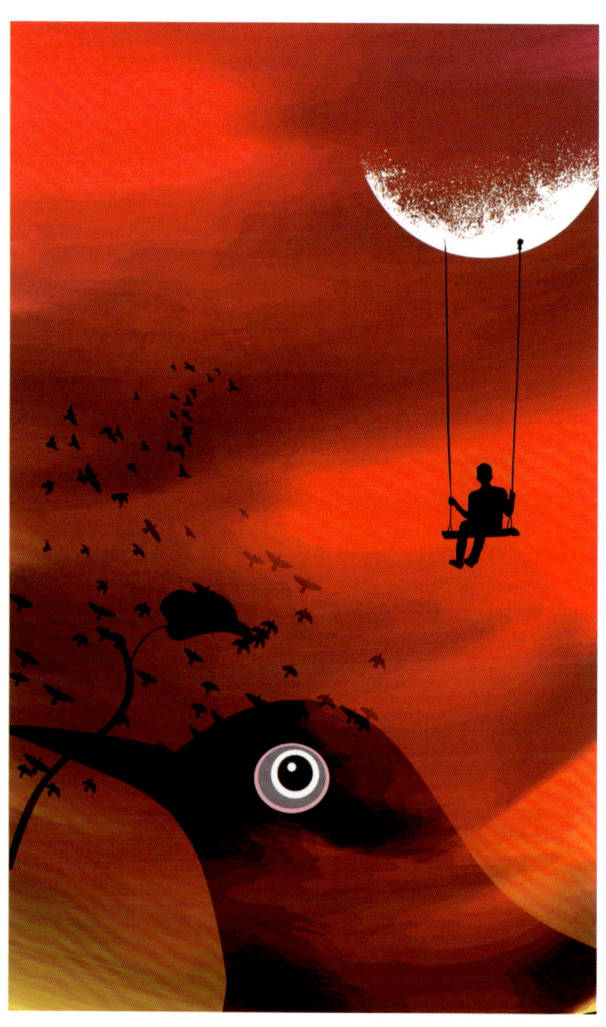

Mood 15

《情绪第 15 天》
此画说送给曾经为对方改变吃饭口味的人

他

这之后
我再也没有吃过鱼腥草
因为对面不再有人傻笑
这之后
突然的问候变成情绪打扰
心里那个人在生活中删掉

吃货也是有底线的
吃鱼腥草就是爱你对我的考验
那之后我再也没吃过
可能是再也没遇见考验的机会
可能是再也没有人坐我对面傻笑

那家饭店的路还在
可去的人却迷了路

被风吹散的彩虹

红色：总是在不经意间，想起一张快要模糊掉的脸

《情绪第 16 天》
此画说送给一起吃糖果的人

她

你是一颗贩卖记忆的糖果
却在伤疤溅起浪花时闪躲
让我喜欢糖果的人是你
让糖果变淡的人也是你

那次短暂的分离，你为我准备了 100 块糖果
你说吃完你就会回来
现在我不再吃那种糖果了
谢谢你让我戒了糖果

Mood 16

被风吹散的彩虹
红色：总是在不经意间，想起一张快要模糊掉的脸

Mood 17

《情绪第 17 天》
此画说送给酒后会想念的人

他

明明是贪恋发酵的香
却杯杯醉出你的模样

你会不会在喝酒之后很想念一个人
微醺后每一杯都是她的样子
和她的故事
如果爱情是一杯酒
那发酵就是恋爱的过程
用心发酵才会收获至臻

橙色：爸妈说他们的人生是从认识他开始的

年小时祈祷在门前能常遇见她，总自以为经历过全部痛苦挣扎。
有了家门钥匙就是长大，有了牵挂就不渴望四海为家。
而越长大越害怕，成长不仅有疯狂爱过的她，还有忽略父母的白发。

我看见一道有你的时光
随着记忆肆意地绽放
丢失了钥匙丢失了希望
倾诉被自己深深的埋藏

把模糊的脸庞看成新娘
倔强是没被脱掉的衣裳
一层层沿扶梯深入伪装
寻觅私藏的冬季暖阳

讨厌孤芳自赏的形象
与众不同是给懂的人欣赏
泪干后记得记录成长
成长是一个人在钢丝上绝望

解不开心锁解不开过往
戒不掉的看透世事无常

故事：一个男孩的旁白，讲述他们一家人的亲情

被风吹散的彩虹
橙色：爸妈说他们的人生是从认识开始的

Mood 18

《情绪第 18 天》
此画说送给我们背井离乡的人

他

月光将车票剪碎
希望多变不可追
家乡是不知而归
平凡安静如江水

那年父亲刚满十八
已经有了少年白发
夸口说过傻话
期待遇见葵花

《情绪第 19 天》
此画说送给正在热恋的人

他

谱过最美的曲子,是叫对方的名字
填过最幸福的词,是有彼此的日子

每年飘过的雪花
堆起雪人,堆起长大
当初年少的人,已开始发了情芽
学会写情话
学会送人回家

Mood 19

被风吹散的彩虹
橙色：爸妈说他们的人生是从认识开始的

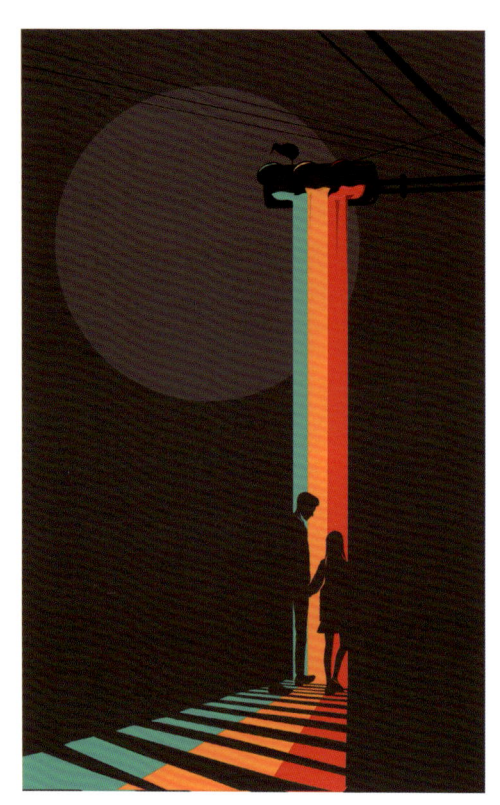

Mood 20

《情绪第 20》
此画说送给曾经深夜接你下班的人

他

等一个红灯，匆忙淹没
等一个绿灯，生世交错
等一个黄灯，化尘情话
等一个余生，接你回家

接你下班的人
希望也能最后送你上班
送你回家的人
最后成了一起回家的人

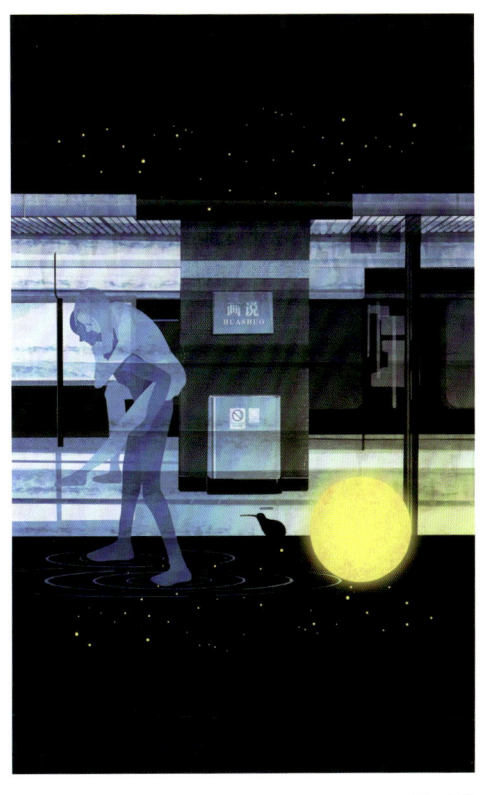

Mood 21

《情绪第 21 天》
此画说送给背过你的人

她

余生若是条河 我愿背你渡过

那个曾经背过你的人
现在是否还在身边
那列拥挤的早班地铁
能否有人相视笑颜
那场演奏的倾盆大雨
淋湿借据永不归还

35

《情绪第 22》
此画说送给共患难过的夫妻

他

好的夫妻
就是把你照顾得不能生活自理
再气你

父亲母亲终于结婚了
婚姻很奇妙
两个人没有血缘关系
没在一个频率上成长
彼此陌生二三十年后
却用一段浮动的时间
决定剩下日子一起走

我一直觉得夫妻是上辈子的敌人
这辈子继续解决恩怨
过程中关心对手、包容对手、照顾对手
因为
一切都是命中注定
一切就是一场探险生活的旅行

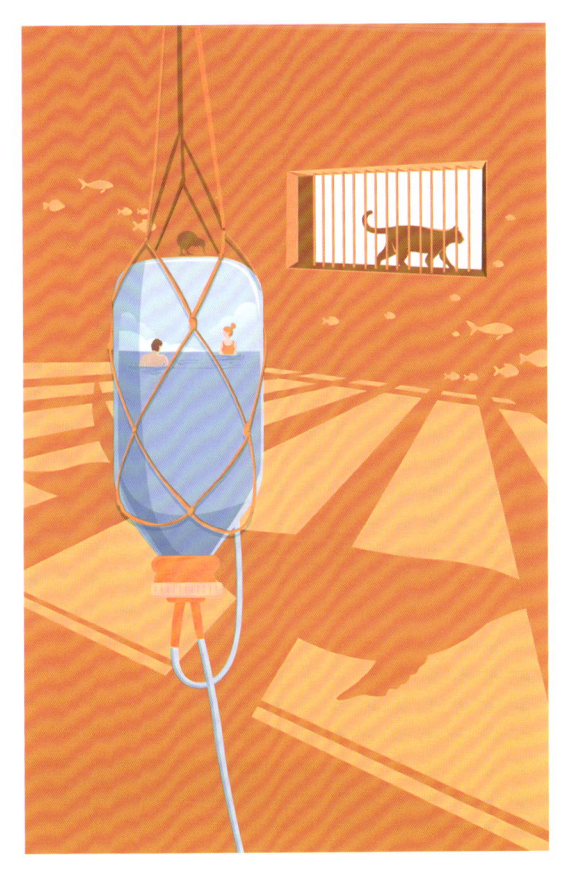

Mood 22

被风吹散的彩虹
橙色：爸妈说他们的人生是从认识开始的

Mood 23

《情绪第 23 天》
此画说送给为你准备早饭的人

他

用一碗清晨粥
解一晚忧伤酒

其实
我偷偷地记住了
你以为我不记得的好多事
比如
用一碗清晨粥
解一晚忧伤酒

被风吹散的彩虹

橙色：爸妈说他们的人生是从认识开始的

Mood 24

《情绪第 24 天》
此画说送给所有的好妈妈

他

我用一句称呼 换来您一次生命的冒险
我用一句称呼 占据您的自我空间
我用一句称呼 吞噬您所有的思念
我用一句称呼 剥夺您辛苦的抱怨
我用一句称呼 加快您衰老的容颜
我用一句称呼 将您推向我心中最高点

我是离您的心脏最近的人，曾经听着您的心跳睡去
我的安心是随着对您的信任、依赖建立起来的
我没想到会让您冒着生命危险把我带到这个世界
并为我而牺牲了您自己的空间
后来我长大离开家、对我塞满全部牵挂
即使经历了再多的辛苦委屈也不会向我们抱怨
直到我又成了家、您渐渐变老
才明白妈妈这个称呼是有多重要
有多伟大

被风吹散的彩虹
橙色：爸妈说他们的人生是从认识开始的

《情绪第 25 天》
此画说送给配得上父亲二字的男人

他

愿您拥有不一样的快乐
承受得住不一样的孤单
父亲节快乐

父爱是什么样的
儿子："老爸，我帮您抬水吧"
爸爸："好呀，你行吗？"
儿子："当然可以，我是大力士，爸爸也是"
爸爸微笑，在儿子转过身背对他时
偷偷地用双手把水桶提高，让儿子轻松地挑着扁担
自信地往前走

或许父亲给的永远都是最平凡的
或许每一次不可理解的固执和暴躁都让人难以容忍
但他一定是用全部的爱支撑这个幸福的家
雕刻好男人的责任

Mood 25

被风吹散的彩虹

橙色：爸妈说他们的人生是从认识开始的

Mood 26

《情绪第 26 天》
此画说送给夜晚给你盖过被的人

他

听不清 枕边海螺的回音
听不清 风吹过的争吵声
听不清 身边走样的身形
听不清 给你盖被的翻身
听不清 与你一起的光阴

他们也会争吵
但夫妻就是这样
磕磕碰碰的最后还是请你别着凉

被风吹散的彩虹
橙色：爸妈说他们的人生是从认识开始的

Mood 27

《情绪第 27 天》
此画说送给母亲离世的人

他

后来，她从这里经过。
天已经晚了，雪也就白了。
而我既然这样深信，就早有意等待
告诉你，春天下的雪。

母亲的去世这对于旁人来说
或许就像冬天融化的雪
每年都有、毫无察觉
而对于我，这场雪将是冰冻余生四季

Mood 28

《情绪第 28 天》
此画说送给和你一起吃面的人

他

我是悲哀的
因为只有一碗面可以取暖
我是幸福的
因为碗里盛满了有您记忆的陪伴

这碗面让你想起了什么吗
记得小时候，晚上饿了妈妈就会给我做面吃
煮好的面用晚饭剩下的菜汤拌一下
放上妈妈长期准备好的牛肉片，味道棒极了
那碗面就是家，那碗面就是幸福

被风吹散的彩虹
橙色：爸妈说他们的人生是从认识开始的

Mood 29

《情绪第 29 天》
此画说送给因为坏情绪与父母争执过的人

他

我们注定是两个孤岛的灵魂
却可以打开同一扇记忆的门
有种错误无形无色越陷越深
错把坏情绪给了在乎我的人

小时候不懂事儿
总会因为自己的小情绪与父母争执
或许最常犯的错误
就是把糟糕的情绪发泄在最疼你的人身上
并且可能现在也一样……

被风吹散的彩虹

绿色：一个人的生活不累但心苦

《情绪第 30 天》

此画说送给中秋独自赏月的人

他

围绕太阳生长　处在温暖地方
距离不卑不亢　道路乐谱难唱
一步一圈一年　一个平凡理想
红日刷开信仰　此时肩上烫伤
有他为你遮挡　就在水的中央
温情安静力量　爱是你的月亮

一个人中秋赏月
或许能察觉出被忽略掉的思考
地球围绕太阳，月亮围绕地球
我们追求太多以为属于自己的东西
而忽略了那些一直把你视为中心的人
比如我们的家人

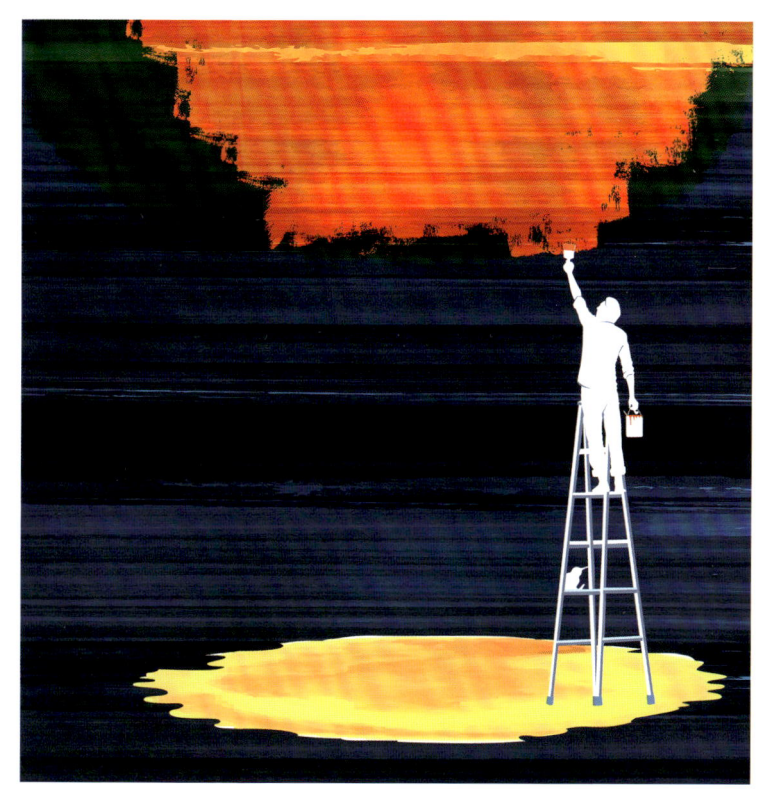

Mood 30

被风吹散的彩虹
橙色：爸妈说他们的人生是从认识开始的

Mood 31

《情绪第 31 天》
此画说送给怀念离世的亲人

他

那天海浪并不浪漫
那天风声编曲还没做完
那天案板上逃走回忆篇
那天渲染过一遍又一遍
或许死亡只是自我哄骗
因为浪花流不干
风起无声泪相伴

可能是受到这个时代娱乐化的影响
我们对于许多回忆都加了很多渲染
尤其是身边人离世
那哭声有真有假围绕着你
让你不知不觉地加入演出队伍

可死亡到底是什么
我经常在想死亡其实是乏味麻木的过程
就是再也听不见再也碰不到的同一个磁场
像在案板上等待处理的食物
一切都需要面对死去
只有回忆可以逃走

被风吹散的彩虹
橙色：爸妈说他们的人生是从认识开始的

《情绪第 32 天》
此画说送给为家人而变强大的人

他

我知道我的温度不高
但可以为你取暖
我知道我还不够明亮
但可以给你清晰
我知道我终究会熄灭
但可以陪你很久
我知道我很多做不到
但可以替你哀愁
我知道我总在失败
但可以为你燃烧到尽头

母女情　父子情
母子情　父女情
兄弟情　姐弟情

好多好多的感情是我们人生的寄托
当麻烦、烦恼找到我们的时候，
我们有时会退缩，有时会被击垮，会无奈变得渺小
可当它要攻击我们身边的家人时，我们会变得强大起来
因为家人需要我们，我们需要家人
即使我们燃烧到尽头，也要为家人站在那里
我们要为家人而坚强、强大

Mood 32

黄色：写给朋友的一封信，写写一起疯、念念彼此的友情

那个时候我们还算年轻，有些傻子还会写信，往返一份友情，倾诉渲染笔印。那个年纪我们更容易换心，帐篷里堆满了彼此真情，不厌其烦懂你撕心裂肺的哭声。

别等云朵再哭
你再为力疼叫苦
别等累了付出
你却说那时糊涂
做不到你信里的大度
也别占据写剧本的雇主
念懂剧本留下看日出
其他请飘落四处
努力不掩饰伤苦
也不必为快乐与谁附和演出

陪你熬过独处
陪着时间荒芜
陪你精心打扮这夜晚的好
但陪伴不一定是爱的信号
要看到尊严是否放掉
他们才确定中了自己尾尖上的毒药

卧室里帐篷会笑
你说那是没有安全感的解药
我知道你不知道
你走以后我赌输每一秒心跳

习惯
一起无脑胡闹
习惯
相互讽刺大笑
习惯
恐惧时搓手的味道
那是阳光照在青春的信号

故事：一个难入眠的傍晚，几个朋友取出曾经写给彼此的信，怀念这一路上的日子。

被风吹散的彩虹
黄色：写给朋友的一封信，写写一起疯、念念彼此的友情

Mood 33

《情绪第 33 天》
此画说送给不愿去送站的人

他

一句再见，或许就再也不会见
一个转身，拆分成两个故事线
可能坚持了不该坚持的会有遗憾
而遗憾是记忆里可能的缘

故事从朋友离开的一封信开始
送别的泪水再也不想遇见
所以还是一个人看着纸飞机、飞远吧……

被风吹散的彩虹
黄色：写给朋友的一封信，写写一起疯、念念彼此的友情

Mood 34

《情绪第 34 天》
此画说送给为朋友迷茫时担忧的人

她

霓虹灯下的一份真
难测结局点亮哪盏灯
直觉晃了神
时间辨缘分
提不起曾经不负的人
任多少寂寞击中灵魂

收到你写的信了,我也回一封信吧
你这个朋友
每次失恋后都大彻大悟
可遇见有好感的人又不管不顾
再找一些不是理由的理由说服自己
不知道从什么时候开始
"认真恋爱、对我好"
这样最起码的事儿,在霓虹灯的掩映下格外珍贵

一见钟情是脸可不是情
珍惜好感但不要溺爱直觉

被风吹散的彩虹
黄色：写给朋友的一封信，写写一起疯、念念彼此的友情

Mood 35

《情绪第 35 天》
此画说送给像葵花一样微笑的人

他

她说她喜欢电影里的葵花
喜欢夜的晚霞
把葵花留在路灯下
让思念伴随牵挂

还记得那天我们一起看电影吗
电影非常精彩
可你只记住了电影里的葵花

Mood 36

《情绪第 36 天》
此画说送给喜欢喝咖啡的人

她

愁思磨粉碎 光景做咖啡
搅拌甜苦味 人生源于罪

你少喝咖啡
因为每次喝完你都说心脏会有些不舒服
可你还挺迷恋它苦苦的香
像人生那样究竟有几分苦、几分甜
哪些是香

被风吹散的彩虹

黄色：写给朋友的一封信，写写一起疯、念念彼此的友情

Mood 37

《情绪第 37 天》

此画说送给无奈成为女汉子的人

他

有时脱口而出的安慰话
送给自己
也送给迟到没出现的"他"

你是我们口中的女汉子
也是我们心中的软妹子

Mood 38

《情绪第 38 天》
此画说送给曾经帮助过朋友的人

她

朴素岁月下的秋千
准备了玉兰花
荡起远方荡落春夏

信里你说,初入社会时受到很多人帮助照顾
我们的生活起起伏伏像荡秋千
风就像朋友
总在不经意间风就推了我们
不经意间花就落了

被风吹散的彩虹
黄色：写给朋友的一封信，写写一起疯、念念彼此的友情

《情绪第 39 天》
此画说送给互换过故事的人

他

拨通一个 不用把哭声调成静音的电话
调音过程 会是成长和埋怨没有懂的他
道声晚安 此时故事不晚刚好心安睡下

长大后
打电话时
总是把哭声调成静音
提要求的却很可能是无奈的自己

这是成长的过程吗？
还是找不到可以调大声的人
谢谢你今晚的电话
谢谢这句"晚安"
谢谢故事不晚、刚好心安睡下

Mood 39

被风吹散的彩虹
黄色：写给朋友的一封信，写写一起疯、念念彼此的友情

《情绪第 40 天》
此画说送给可以让你放心喝醉的人

她

手机里朋友越来越多
坦然喝醉的还能剩几个

朋友就像下酒菜
有凉、有热、有多、有少
不管哪样都陪你喝完人生这壶酒
余生杯中酒
醉了忘忧愁
醒来心依旧

多久没肆意地喝醉了
现在想喝醉的机会很多
可很难再找到我们在学校那样
肆意发泄不怕出丑的酒
回来找我
别让我一个人醉

Mood 40

被风吹散的彩虹
黄色：写给朋友的一封信，写写一起疯、念念彼此的友情

Mood 41

《情绪第 41 天》
此画说送给努力去更大舞台的人

他

惰性败给心中的舞台
容颜败给谦和的笑脸
年龄败给自身的品位
快乐败给焦躁的爱情

既然选择离开家乡
选择更大舞台
就不要太在意别人的看法
那样
要么委屈自己
要么累死自己

《情绪第 42 天》

此画说送给好了伤疤忘了疼的人

她

没经历过别人的伤
就别取笑别人的疤

前几天感冒发烧
在家咬着牙把工作处理完
一个人躺在床上对自己说:
"这次病好后,一定要注意身体,不能这样拼命工作。
要早睡早起去健健身……"
想着想着自己笑了,似乎每次生病都对自己说过
没一次成功
好了伤疤忘了疼
还好在工作上
如果在感情上那样
……
如果你也在工作上好了伤疤忘了疼也就算了
千万别在感情上那样
拜托了
……

Mood 42

被风吹散的彩虹
黄色：写给朋友的一封信，写写一起疯、念念彼此的友情

Mood 43

《情绪第 43 天》
此画说送给那个与你一起发疯的朋友

她

一阵让风车多彩的风
转动被青春遗忘的梦

拥有一个知心朋友
就像风车遇见了风
将你单色的生活
碰撞出丰富多彩的人生

绿色：一个人的生活不累但心苦

我还是喜欢一个人的生活，因为回声会把笑声放很大。
我还是喜欢一个人的对话，因为不会有人发现说谎话。

五月的傍晚打开了门栓
你飞离我的视线
在空中放开命运后的呼喊
原谅我还是听不惯
六月的清晨 日出的笑脸
时光把云推向一边
在空中放开自由后的疲倦
爱上却装作看不见
发情的鸽子 坠落在人间
丢失了回家的路线
在空中寻着离开时的答案
这答案竟就在嘴边
纸飞机落了单 想哭怕被看见
你种下最后的心愿
在空中起伏伏快快落前
再次感受你的温暖
从傍晚到清晨
鸽子飞回原点
纸飞机落在我身边

故事：男女分别用第一视角描述各自一个人的生活

被风吹散的彩虹
绿色：一个人的生活不累但心苦

Mood 44

《情绪第 44 天》
此画说送给容易被说中心事的我

她

每颗心都有想倾诉的故事
每个故事都难找到懂的人

有时义无反顾地不睡觉玩手机
就是想在放下手机的前一秒
跳出一句"你好"

《情绪第 45 天》
此画说送给痛苦时只能一个人面对的我

他

我蜷缩过一阵子
很长的一阵
长到错过屋外的雨季
长到房间里凝固住空气
长到无人问起
长到没被懂得就与空气融为一体

我知道这样的情绪可以用许多道理开导
可此时情绪完全被恶魔占据
总是在低落时一个人
四周安静
那些曾经的快乐都只停留在当时
而此时
我需要快乐的时候,留下来的只有我和那只几维鸟
不是没有安慰
而是没有真正意义上属于你的安慰
懂你的人不存在不可怕
可怕的是这一切只是开始
这一切更是结束
结束到自己确认没有希望
直到对自己的失败而惭愧
或许人生中,第一次感到光荣就是好好死去

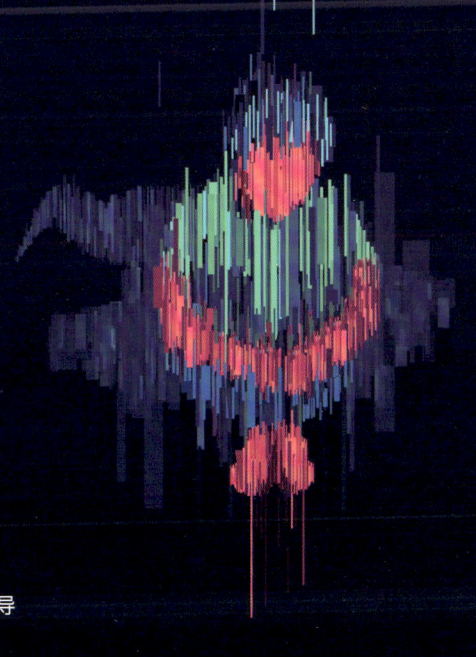

Mood 45

被风吹散的彩虹
绿色：一个人的生活不累但心苦

《情绪第 46 天》
此画说送给一直和你默默谈心的宠物君

她

你见过太多美丽的风景
你听过许多爱你的回声
你拥有过容忍你的任性
你酒醉后感叹无人问津
它见过最美是你的身影
它听过你为爱的痛哭声
它拥有过你寂寞时的吻
它不许诺言却陪你用完今生

从床下出来吧
让我们谈谈

这些年只有你还在我身边
它是你人生中的小幸福
你是它一生中的全部

Mood 46

被风吹散的彩虹
绿色:一个人的生活不累但心苦

Mood 47

《情绪第 47 天》
此画说送给感冒时自己照顾自己的我

他

儿时妈妈准备好的感冒药
如今变成一个人听歌睡觉

最近有点累,不小心感冒了
这么矫情的病
别浪费,得啰唆几句
回想小时候每次生病都是妈妈照顾
那时也不一定吃药,或许给我买瓶桃罐头
吃完也就好了
现在长大
生病反而不会照顾自己了
好像吃什么也没用
只剩下听听歌
睡个不做梦的觉

《情绪第 48 天》
此画说送给一个人淋雨的我

她

你在等雨停
还是在等送伞的人
我在等下雨
和淋雨后的背影

会有一场雨是专门为你而下
也会有个人拿着伞接你回家

Mood 48

《情绪第 49 天》
此画说送给一个人看星星的我

他

每一颗星星都是一个人的秘密
它一闪一闪的发信号
提醒你
要捕捉和你一样秘密的一颗星、一颗心……

2003 年在香山住的时候
房东对我说：
"在北京香山看星星是最美的"
怀念那时的我
那时一颗会陪我看日出的星

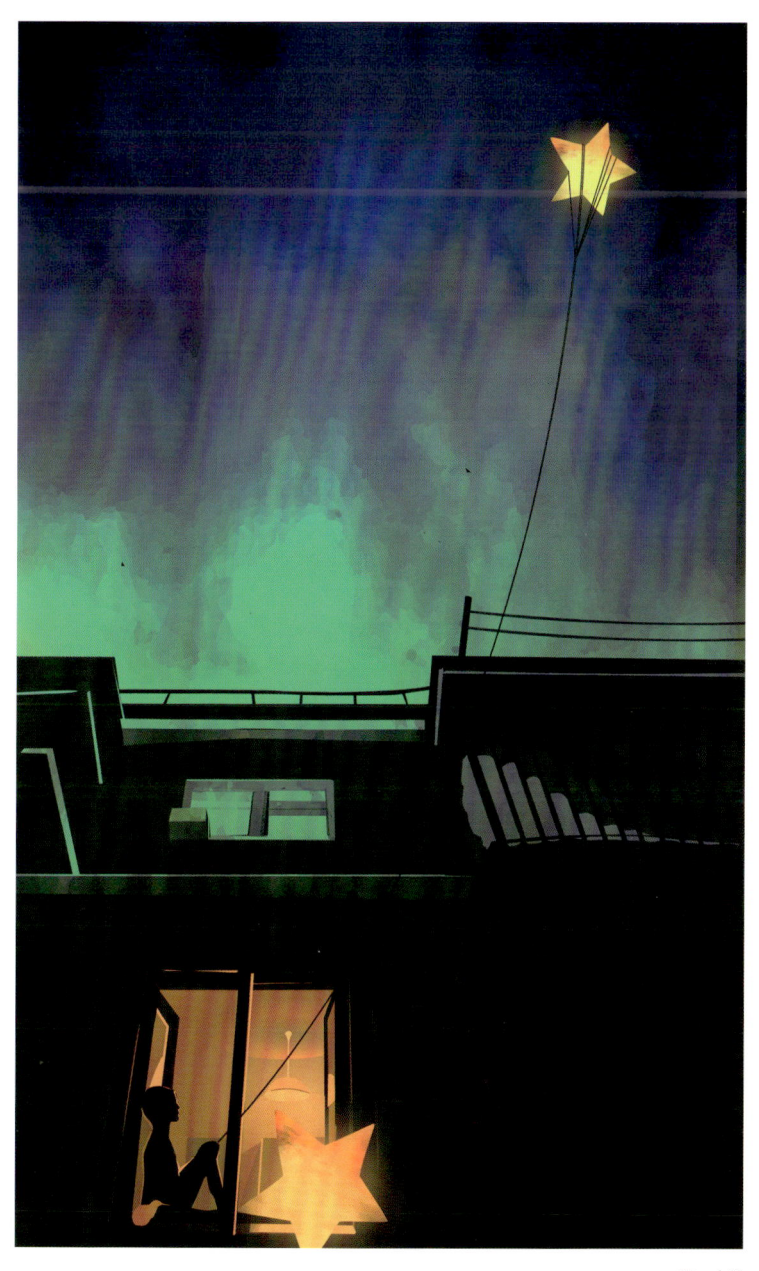

Mood 49

被风吹散的彩虹

绿色：一个人的生活不累但心苦

《情绪第 50 天》
此画说送给一个人去唱歌的我

她

何必把歌词写成我的模样
把旋律编成我的孤单声响

无聊时决定一个人去唱歌发泄
前几首歌的旋律让我兴奋不已
而躁动后的宁静又处处扎我心

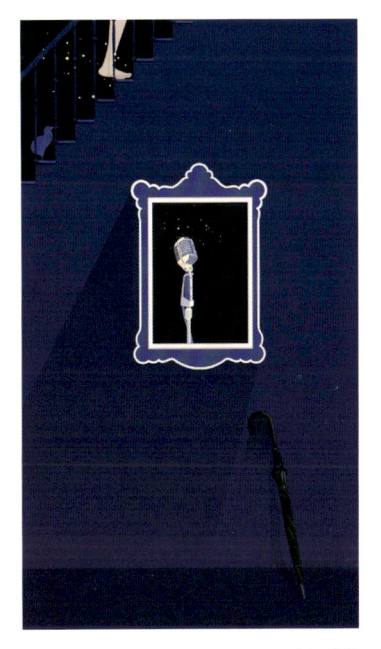

Mood 50

被风吹散的彩虹

绿色：一个人的生活不累但心苦

Mood 51

《情绪第 51 天》
此画说送给会梦见某一人的我

他

坠落迷路的林
从日落到今夕

在你的故事中
会不会有一段特别时间
经常梦见某人、一个模糊的脸
也许是思念,也许是无意
总之就像在丛林里迷路走不出
不管是白天还是夜晚

梦里
她会时不时的出现
晚安
梦里人

被风吹散的彩虹
绿色：一个人的生活不累但心苦

Mood 52

《情绪第 52 天》
此画说送给一个人过过生日的我

她

那阵海风向鲸鱼许了愿
在吹灭蜡烛后的第一道光里，看见有人在乎
点亮一支蜡烛
破解一个孤独

我是正月初六的生日
所以在北京上学的那几年
都是在回京的火车上过生日

有一次还蹭了旁边人一碗泡面
那就是我当年的长寿面
想想这长寿面的形状和人生一样，还挺曲折
多年没有吹过蜡烛了

被风吹散的彩虹
绿色：一个人的生活不累但心苦

Mood 53

《情绪第 53 天》
此画说送给一个人互换记忆的除夕

他

如果与金鱼角色互换
你会不会改变年初许的愿

听说金鱼的记忆只有三秒
不如我们与它互换一下位置
就用三秒回忆这一年
这样即使是悲伤遗憾，也只不过痛三秒而已
希望遗憾不会陪你过完年
2019 但愿我们不仅仅是参与者
新年快乐

被风吹散的彩虹
绿色：一个人的生活不累但心苦

《情绪第 54 天》
此画说送给一个人看电影哭过的我

她

无法反驳的事情很多
为主角哭红眼又如何
舍不得丢下片尾曲的时刻
怕剧情应景好像找到寄托
一个人的电影像过去的我
只怕遇见没人懂你的寂寞

告诉我一部你在电影院哭过的电影吧
或者是一句台词
一个桥段
让我看看我们的泪点是不是一样浅

Mood 54

被风吹散的彩虹
绿色：一个人的生活不累但心苦

Mood 55

《情绪第 55 天》
此画说送给一个人的旅行

他

孤岛的树是幸福的吗
不被打扰是被遗忘吗
做好切断充电线的准备，降低离开时脚步的分贝
我想你依然在我身边，只是允许日月交替不见
给我一个关上门的房间，让旅行走出迷失的深渊

科技让我在每个人身边
却离自己越来越远

被风吹散的彩虹
绿色：一个人的生活不累但心苦

Mood 56

《情绪第 56 天》
此画说送给不想孤单的一个人

她

鸟儿不再孤单
或许飞鸟的自由 需要用孤独来换

都羡慕飞鸟的自由，可会飞的只有一类
也许我们并不懂它们的孤单

青色：我在路口等风，让情绪与宣泄肆意流淌

不小心把杯子打翻，在浴室扬起宣泄的帆。
有人把情绪隐藏称呼为成熟的解囊，有人把学会表演叫作成长。
可情绪需要远航，不能无处安放。

原谅一时口渴的错　　　初见表演用心冷漠
碰倒为未知准备好的结果　再见才能画出故事的效果
别说某某付出很多　　　神经跳跃也不放过
请别戳破是你懂我　　　明明想通却言心窝
感性着　　　　　　　　纠结着
矫情着　　　　　　　　伪装着
脆弱着　　　　　　　　悲伤着
最后反正积流成河　　　悲喜交加视而不见

长大后有趣的不多
连快乐都覆盖上层层苦涩
谁会是污泥中一朵
取悦各自的奇葩者
有剧情
易伤人
倾诉者
情绪帮我合唱副歌

故事：城市中的男女各自倾诉自己的情绪

被风吹散的彩虹
青色：我在路口等风，让情绪与宣泄肆意流淌

《情绪第 57 天》
此画说送给在跑笼里的人

她

跑笼驾驭未来
每圈有所期待
现实鞭打幼稚情怀
雨后翅膀隐约还在

很多时候
我觉得生活在一个跑笼里
只是这个跑笼很大很大
大到跑一圈要一年
于是我们不停地追赶
追赶欲望
追赶命运
追赶价值
追赶遗憾
追赶不甘
追赶自己匆忙的时间

Mood 57

被风吹散的彩虹
青色：我在路口等风，让情绪与宣泄肆意流淌

《情绪第 58 天》
此画说送给那些忘记心疼自己的人

他

要心疼的人排队
唯有自己排在队尾

在医院走廊排队付费
那个痛苦的病人和紧握她手的家人
让我突然好心疼他们
可低头看看自己，原来也在队列之中

小时候大人不让哭，说要听话
长大后身边人要求你也不能哭
那样不成熟，不坚强
你已经为别人取消了多少眼泪的课时
忘记了心疼自己，可怜自己
为何不在这个夜晚心疼一下自己
在心疼的队列中把自己放在第一位
就一天
一天就好
一天就好

Mood 58

被风吹散的彩虹

青色：我在路口等风，让情绪与宣泄肆意流淌

Mood 59

《情绪第 59 天》

此画说送给我们做过的妥协

她

你永远是我心中的白天鹅
即使羽毛已妥协变了颜色

工作妥协、爱情妥协、生活妥协
问候妥协、家庭妥协、亲人妥协
命运妥协、微笑妥协、悲伤妥协

妥协是成熟的华丽外衣
当一件件脱下后
那只白天鹅是否已变了颜色

《情绪第 60 天》
此画说送给我们不经意浪费的时间

他

偷走时针的错摆灵魂
小心翼翼俯看前世红尘
反复推敲究竟有几份真
错把时间当成对的人
黑夜无法挽留星辰
时间无能原地转身

等时间的人最后被时间浪费

Mood 60

被风吹散的彩虹
青色：我在路口等风，让情绪与宣泄肆意流淌

Mood 61

《情绪第 61 天》
此画说送给渐渐蜕变的保护色

她

十月是被雨遗弃的秋
不安勾画轮回里的愁
伞下人潮拥挤丢的梦
无力抗拒蜕变的深昼

为了适应这个世界
我们时常变换自己的保护色
从一把遮雨不褪变的伞
到做一只变色龙的时代

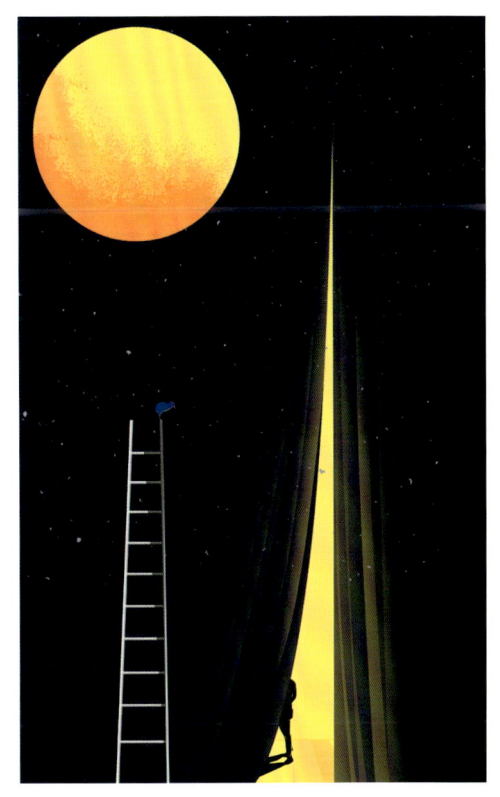

Mood 62

《情绪第 62 天》
此画说送给生活不易与你共赏

他

或许最成功的人生就是
想谢幕就谢幕
想死亡会祝福

每个人对成功定位不同
身上总是背负很多责任
最后为责任存活
如果有一天能悄然离去
也许也算是一种成功吧

《情绪第 63 天》
此画说送给长大后的快乐

他

长大后连快乐都上了妆

女孩说
喜欢二月的迎春花
却在四月把它丢下
女孩说
等下一个二月我会长大
那时我会笑成你眼里的傻瓜
女孩等呀等、盼呀盼
就这样在镜子前长大
才发现
长大后连快乐都上了妆
连微笑都难找到它

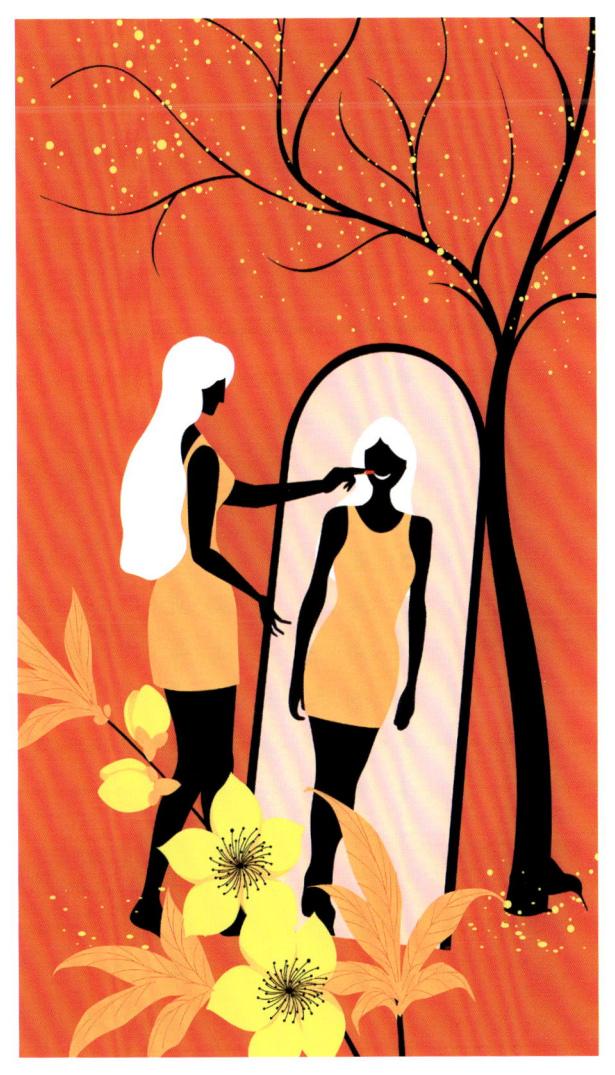

Mood 63

被风吹散的彩虹
青色：我在路口等风，让情绪与宣泄肆意流淌

Mood 64

《情绪第 64 天》
此画说送给深夜流泪的人

他

经历多少事情的累
才会看清多少自己的卑
年少时的承诺成堆
为此付出无数个天黑
月亮背面没有花蕊
猜测不出未来究竟归谁

醒着累 看透卑
梦已碎 未知谁

Mood 65

《情绪第 65 天》
此画说送给年底还在忙碌的人

她

一年就像沉下去的茶

喝茶时,看见茶落下的瞬间仿佛看见快过年时的人们
本应该沉下来好好想想这一年经历了什么
多少委屈
多少不懂
多少成长
多少遗憾
可还是忙忙碌碌地工作,续写忙忙碌碌的人生

被风吹散的彩虹

青色：我在路口等风，让情绪与宣泄肆意流淌

Mood 66

《情绪第 66 天》
此画说送给不得不控制喜怒哀伤的人

他

喜怒哀伤情绪魔方
有没有丢了自己
丢了方向
我们每天要反转几次
才可以放下疲惫面具

一次深夜加完班、一个人在地铁里
身心疲惫，微信依然跟客户寒暄客气
即使心里有一百个不愿
也得耐心把事情处理完
抬起头
看见对面一个学生玩魔方
那时在想，如果魔方的每一面
都是我们的喜怒哀伤
每天都要不停地反转
而这些反转的抉择权却不在我们手中
要反转几次
我们才会找到快乐
可以放下疲惫的面具

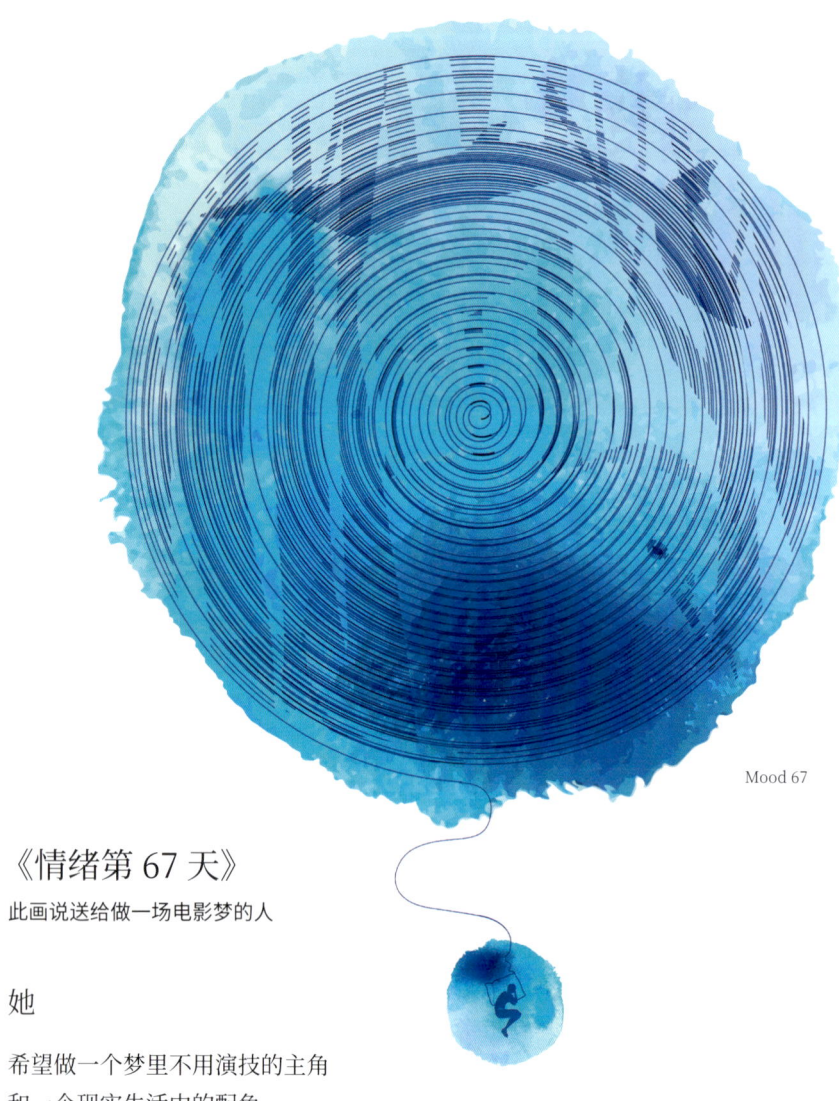

被风吹散的彩虹
青色：我在路口等风，让情绪与宣泄肆意流淌

Mood 67

《情绪第 67 天》
此画说送给做一场电影梦的人

她

希望做一个梦里不用演技的主角
和一个现实生活中的配角
戏份不多却必不可少

电影就是一场保存并可以随时观看的梦
那一个个精心编排的桥段，或许就是上帝为我们安排的命运
我们只有选择演完或中场离开

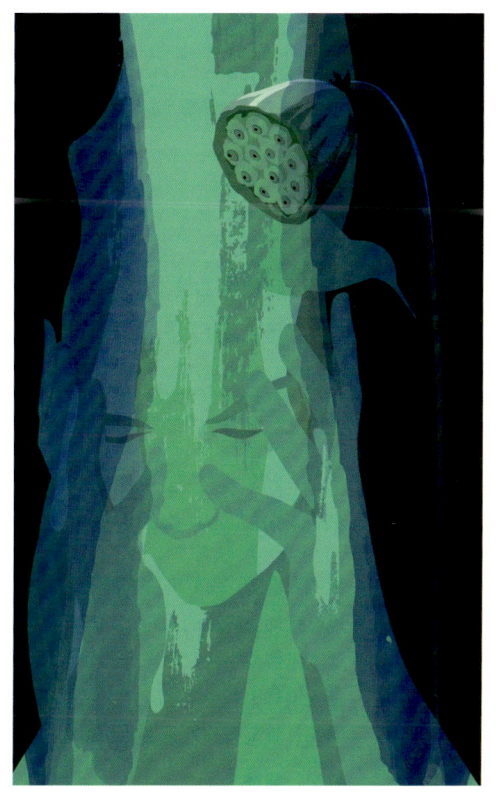

Mood 68

《情绪第 68 天》

此画说送给洗澡时哭过的人

他

成长就是将你哭声藏好的过程
比如用 37 度的水温
掩盖你流泪时的单纯

我是不是很无聊
别人都在查八卦的时候
我竟然在查眼泪的温暖
37 度
跟洗澡的温度一样舒服
难怪流泪时会那么放松释放
难怪洗澡时脸上的温度总是调到恰到好处

被风吹散的彩虹
青色：我在路口等风，让情绪与宣泄肆意流淌

《情绪第 69 天》
此画说送给没有了解对方就下结论的人

她

别用你 180 度的眼界
去评判别人 360 度的人生

形色人群中，每颗心都焦躁不安
纵然在仰头奔跑的同时，却忽略审视脚下镜子中的自己
还未来得及学会站在对方的镜子上用心地体会
便急迫戴上有色眼镜，草下结论，至于对错，从不在意
其实，谁又有资格真正地判定

好了，我懂了
如果收到下次邀请，我不再会戴着那有色的眼镜
而是先透过你的镜子，看看那不完美的自己

Mood 69

被风吹散的彩虹

青色：我在路口等风，让情绪与宣泄肆意流淌

Mood 70

《情绪第 70 天》
此画说送给门里门外两个人的朋友

他

门里门外 愈合揭疤
泪花留下 笑声发芽
见过春花 谢过冬夏
一颗心静 两房争他
门里 我能遇见不被发现的自己
门外 我撞翻命运才会死心离去
门里 我讲笑话逗得双眼流汗滴
门外 我说过门里做不到的道理

生活中不少朋友说自己有抑郁症或是焦虑症
可我觉得绝大部分都只是都市情绪无处发泄而已
真正抑郁的人
不是看上去每天都活在阴雨中
而是他也在努力地给你看阳光
他也在努力开心

就像门里门外两个人
有时候自己都痛恨自己的情绪
那又能怎么办
每次在门里安静的时候
烦恼就会不停地生长
门外的人即使再努力也帮不了忙
所以,你懂的

被风吹散的彩虹
青色：我在路口等风，让情绪与宣泄肆意流淌

Mood 71

《情绪第 71 天》
此画说送给单车上的人

她

她永远落在欲望的车后 眼看满怀期待迎风泪流
悲伤与快乐要平衡多久 散落记忆有丢失或拥有
拾起碎片酿杯成长的酒 敬渐渐消失有梦的朋友

年少时觉得自己像超人一样与众不同
长大后才认识自己如此平庸

都说学单车平衡最难掌握
或许最难平衡是现在快乐与悲伤的生活

蓝色：理想，你还让我等多久

我喜欢钓鱼的未知感，甩竿后在海底埋下一颗种子。
期盼提竿的那天，海面上会出现一个喜欢的自己。
可海很深，可风很大，期盼总被吹散又延长。
幸好鱼钩还在，船还在，未知也还在。

好吧
约定今晚就起航
你不许再用眼睛流汗无处躲藏
成熟不是用流不流泪计量
期望降低
依赖变少
这样的我们
会过得很好很好

希望还在寻找
究竟是先给梦做了定义
还是现实是梦
只是我们不敢面对逃离

梦里我在想你
梦外你选择适合的距离

有没有时间一起去钓鱼
选择好粉刷月亮的时机
风会推我们前行
放两线希望做标记
一个为爱准备防御
一个为你照亮自己

我们一起去钓鱼
不管时间有多长
会翻越多少喜怒哀伤
会翻越多少不甘绝望
最终
希望还会在我们手里

故事：对于理想与态度我们该说点什么

被风吹散的彩虹
蓝色：理想，你还让我等多久

Mood 72

《情绪第 72 天》
此画说送给为梦想成长做准备的人

他

春竹别急，正月在等你
春竹别急，所付出的一切
都将生根发芽在泥土里

青春应是火苗中的青色
青春的梦想燃烧着
直到燃料殆尽，火苗成红

如种下长达 4 年的竹，需精心照顾
即使仅有破土而出的 3 厘米，亦不灰心
熬到第 5 个年头，它将以每天 30 厘米的速度疯狂生长
不到 6 周便会长到 15 米
前 4 年的其貌不扬，它的根却早已在土壤里疯狂生长

结束 4 年的大学生活
他这只几维鸟怀揣梦想来到这个城市
这个催熟的时代迫使他模仿着成熟
但他内心很清楚
自己不过是只没有翅膀的鸟
一只几维鸟
……

被风吹散的彩虹
蓝色：理想，你还让我等多久

Mood 73

《情绪第 73 天》
此画说送给被动发展的人

她

我是一片银杏叶
如果有一天离开
不会责怪风给的驱赶
我是一片吹落的银杏叶
如果已经离开
不会埋怨树给的冷眼
我是一片被清扫的银杏叶
如果渴望离开
凋谢不过是另一片花海

很多时候,我都是被动发展的人
我看过冷眼
我被驱赶
我有过放弃
我有过被排挤
可我终究要自己面对这一切
一个人面对命运的安排

幸好还有花店找平衡
每次我都买没人留意的迎春花
是的,那时候我不是被动的人

被风吹散的彩虹
蓝色:理想,你还让我等多久

Mood 74

《情绪第 74 天》
此画说送给忽略幸福就在身边的人

他

我渴望看见彩虹
可雨季还没有过去
我渴望雨季
可它说要等风一起
我催促着起风
但风不被拘束永不停息
我跟随永不停息
才看见彩虹早已被风
吹散在日子里

我经常抱怨我的梯子不够长，够不到彩虹
即使不错过每一次淋雨的机会，彩虹依然不属于我
可当我删掉浮躁的心，回头看看往时的自己
似乎彩虹一直都在，只是被风吹散，只是我的心看不见

被风吹散的彩虹
蓝色：理想，你还让我等多久

Mood 75

《情绪第 75 天》
此画说送给努力却不被理解的人

她

前行中的微笑背后
也许是个不被理解的灵魂

我知道你在努力
努力在被认可
努力不被改变
努力会被理解
努力在没有希望的生活里前行
努力面对这无可奈何的生活
努力着
习惯着
笑着划过每一个
每一个

Mood 76

《情绪第 76 天》
此画说送给寻找人生色彩的人

他

琴弦，拨动即将凝固的彩虹
彩虹，粉刷平凡人生的心酸

人生就是踩着心酸路走过来
为了不走失方向，我们用理想做指南针
为了路上有力量，我们用坚持编曲弹唱

131

被风吹散的彩虹
蓝色：理想，你还让我等多久

《情绪第 77 天》
此画说送给喜欢阅读的人

她

读字快乐，懂世界
独自快乐，懂自己

城市嘈杂 欲望不安
躁动的时代，难以看清自己
躁动的人心，难听善言劝

Mood 77

被风吹散的彩虹
蓝色：理想，你还让我等多久

Mood 78

《情绪第 78 天》
此画说送给快被欲望迷失心智的人

他

别被欲望控制自己的旅程

你离开校园多久
你距离梦想多近
在这个陌生熟悉的路上
欲望一口一口吞掉了心智
有人认为这是成熟
有人认为这是生活的苟且
……

我有个习惯
经常晚上一个人安静的时候检讨自己
质问自己这一天过得值得吗
有收获吗
被欲望改变了多少
时间已不够
或许明天就走到路的尽头

被风吹散的彩虹
蓝色：理想，你还让我等多久

《情绪第 79 天》
此画说送给萤火虫的光

她

那天我生在一片森林
四处无光找不到方向
我冲向黑夜里的萤火虫
捕捉一闪而过的光
一只忽闪吃过的亏
一只路过受过的苦
一只擦干流过的泪
一只写下忍过的伤
我融化冰霜
撬开了锦囊
最后萤火虫变成一道光
照亮在有路的地方

喝醉后想想
所有的痛快不如意
也许就像萤火虫的光
忍忍就过去了
我还得靠着它们前行

Mood 79.

被风吹散的彩虹

蓝色：理想，你还让我等多久

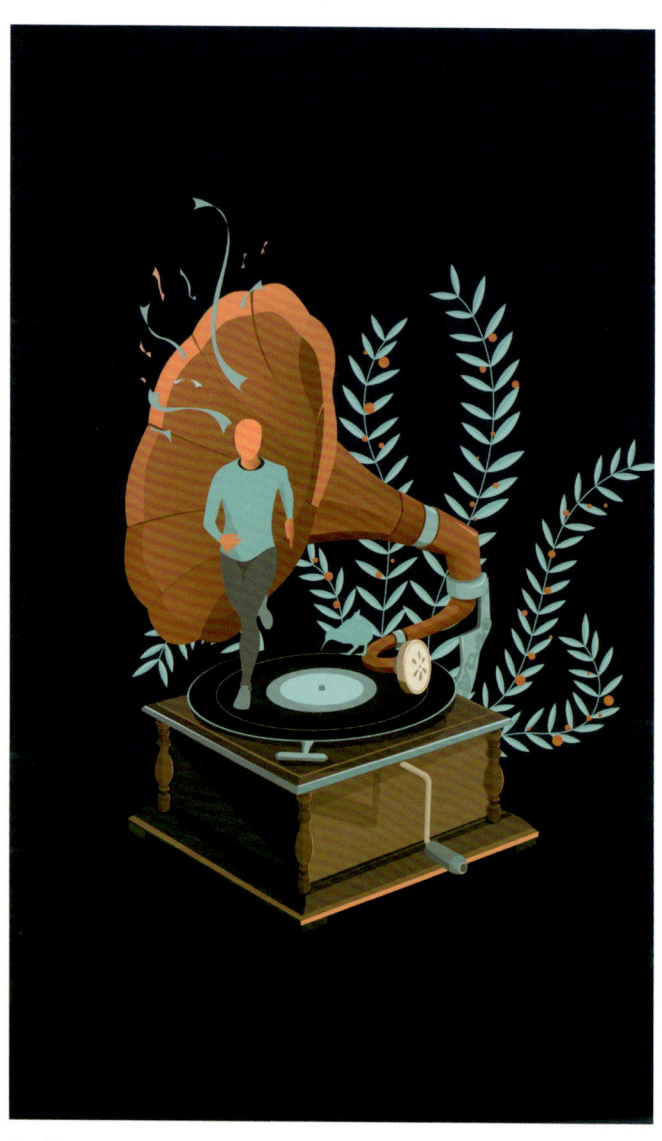

Mood 80

《情绪第 80 天》
此画说送给一直努力从未停下脚步的人

他

想要听到掌声
就不要停下脚步

你跑累了吧
用不用休息一下
我知道你从未停下脚步
即使累了也在慢跑
生怕曾经鼓励过你的人失望

好吧
那就继续加油
一路跑下去
跑到终点、跑到黑
在那里点燃烟花
回放这一路上所讲过的笑话

被风吹散的彩虹
蓝色：理想，你还让我等多久

Mood 81

《情绪第 81 天》
此画说送给保持新鲜感的人

她

枯树贪饮烟雨以为找到了家
一手拿着希望一手拿着欺骗
告诉自己这是长大
保持新鲜就不会被厌倦蒸发
一首唱着不变一首唱着腐化
默默努力自我雕花

想保持最好的新鲜感
就要不断努力完善自己

被风吹散的彩虹
蓝色：理想，你还让我等多久

《情绪第 82 天》
此画说送给懂得精神享受的人

他

为了还未完成的梦想当然要努力
万一过程比结果更值得享受呢

来来来，陪我干了这碗鸡汤再去上班、再去学习吧
这天的情绪，可能是为了安慰我这样能力有限的人
给我找个借口
不过有时候努力的人把过程当作精神寄托
也许更加体现价值
更加值得享受

晚安
三个小时后要去上班

Mood 82

被风吹散的彩虹
蓝色：理想，你还让我等多久

Mood 83

《情绪第 83 天》
此画说送给被时光打磨过欲望的人

她

时光照映出我们的模样
淹没了我们最初的欲望

打开一盏灯，让光浸泡海洋
理想限时起航，剥夺靠岸权利成伤
我们一如既往流浪
漂泊滑动欲望
消耗流逝的时光

Mood 84

《情绪第 84 天》
此画说送给形象好又努力的人

他

天生丽质不妨碍你天生励志

即使拥有蝴蝶的翅膀
也要紧握手中的机会

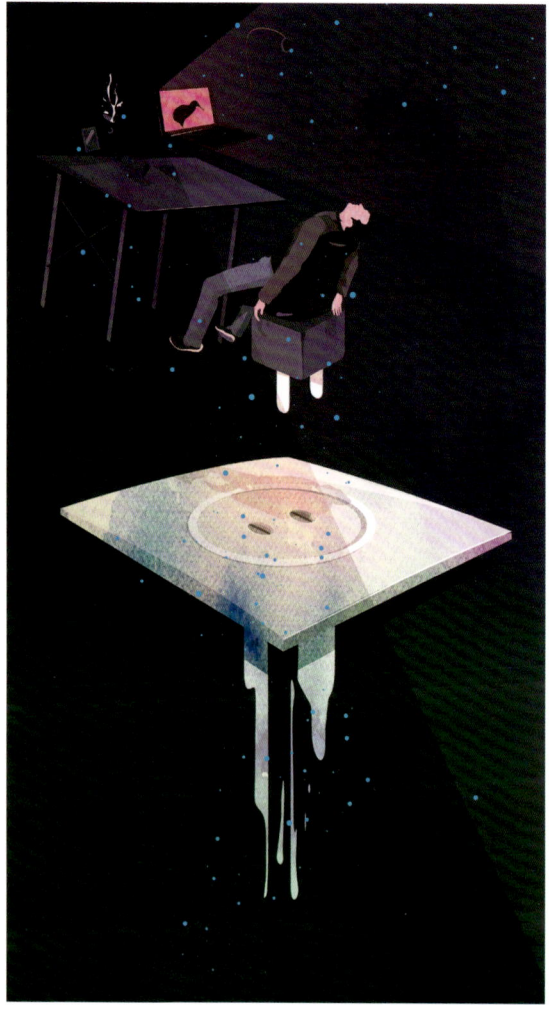

被风吹散的彩虹
蓝色：理想，你还让我等多久

Mood 85

《情绪第 85 天》
此画说送给需要充电睡眠的人

他

晚睡 梦会短
早睡 梦难现

现在是凌晨三点,终于完成今天的工作了
很久没有早睡一些
我也很累,也知道这样对身体不好
可我又能怎样
上帝给了你我同样的 24 小时
却给我们不同的能力
尽管努力,可还技不如人
或许我错过了太多的美梦
可只有这样才有机会把美梦变成现实

紫色：或许有的遗憾，就是为下辈子提前写的缘

小时候的冰激凌，总是舍不得快些吃。
每次都等呀等，看呀看，希望它可以变大。
可等来了融化，等来了遗憾，错过了最好的年华。
或者那些遗憾不是错过，而是最好的自己没有留给最对的他。

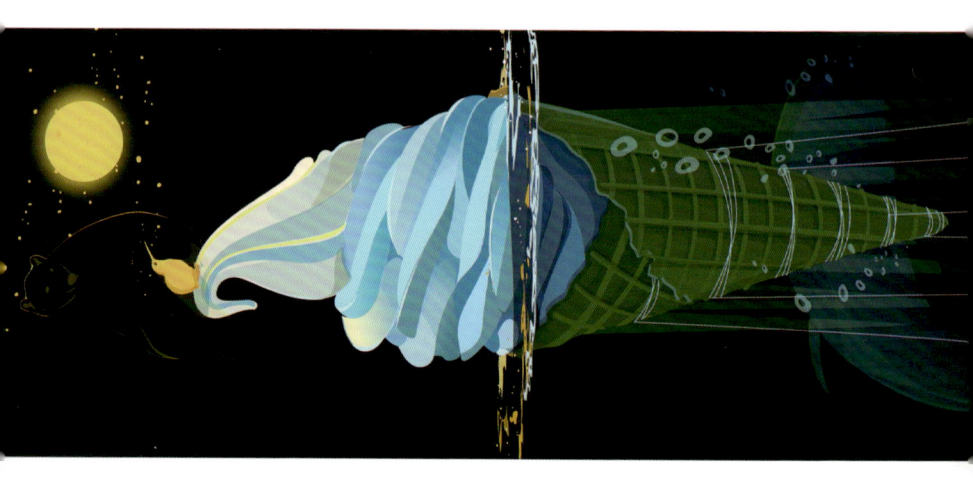

有一天
如果你后悔掀开这朵云
后悔在年轻时接受好奇
请记得
我从未想过用吹散的方式
教会你如何学习珍惜眼前

世界上
有一座大大的冰山
你能够品尝她的甜
融化前
偷走她种下的许愿
说再见就爽快不联
我看见
现在渐退潮的脸
酥脆外表包裹内心的软

许的愿
都被时间拉到好远
等待被发现的那天
才懂得
偶尔敏感心又太软
原则承载飞向云间
也会见
让你放不下的鱼线
不如想他不肯直视的眼

故事：从一次旧情人相遇展开的回忆篇

被风吹散的彩虹
紫色：或许有的遗憾，就是为下辈子提前写的缘

Mood 86

《情绪第 86 天》
此画说送给勇敢回忆的人

他

翻不过去那一页
熬得过去每一夜

"你好，好久不见"

一次偶然的再次遇见
便把书翻开到记忆篇

被风吹散的彩虹

紫色：或许有的遗憾，就是为下辈子提前写的缘

Mood 87

《情绪第 87 天》
此画说送给偶遇前任的人

她

让我再排练一遍
道声好久不见
请你再投入一点
越演越难分辨
没有责怪谁不好
只是时间不凑巧
婚纱无缘试大小
余生各自安好

"Hi，好久不见"

我像猫一样打理好自己
只为相识无已

被风吹散的彩虹
紫色：或许有的遗憾，就是为下辈子提前写的缘

Mood 88

《情绪第 88 天》
此画说送给网络速食恋爱的人

他

城市里的海又起了风
夜晚的秘密扬起了帆
甲板上的人们都在不安
靠近一个陌生的港湾
有的人不能去找
有的人找了不甘
所有捕捉到的寂寞信号
终究是颗冒险的毒药

"我们应该不算一场速食恋爱吧"

一道孤单的探照灯，巡视整个城市的不眠夜
每个人都在加快自己的脚步
却忽略许多幸福的情绪环节
剩下苍白无味，如同速食便当般的爱情
有些东西可以省，有些事情也可加速
但该了解的不能省，该有的过程不能提速

每个人都在隐藏自己内心的孤单
又渴望别人的窥探
只要花点时间，就会一戳就破
都是讲道理却做傻事的人
我，也是一样

被风吹散的彩虹
紫色：或许有的遗憾，就是为下辈子提前写的缘

《情绪第 89 天》
此画说送给被对方欺骗过的人

她

他刚好成熟
她刚好温柔
刚好的年纪遇到刚好会写故事的人
没有人会关心你变好的过程有多煎熬
没有人会在乎用多少无奈为谎言求饶
伤害自己是"我很快乐"
伤害别人是"你要相信"

"嗯，应该不算，只是凑巧罢了"

我们曾经都失言过
都为此寻找过适合的烟火
绚烂瞬间的承诺
点亮黑夜却最终嫁给了失言的错

Mood 89

被风吹散的彩虹
紫色：或许有的遗憾，就是为下辈子提前写的缘

Mood 90

《情绪第 90 天》
此画说送给想回到从前对自己说句话的人

他

听说海螺里的旋律
会连接儿时的耳机
……

"趁着还会有人在乎你的眼泪,请尽情地哭吧"

"其实开始……"

如果能回到从前
你会对自己说句什么话?

《情绪第 91 天》
此画说送给怕错过的人

她

不要因为怕失去而成全错过

"其实开始我只是怕错过"

路口的红灯只停半分钟
每次过马路我都等快变灯时再走
因为这样就能牵你的手

在一起的时候，细心计划每次见面
生怕错过每一个幸福的时刻
而最后却失策在最大的错过

Mood 91

被风吹散的彩虹
紫色：或许有的遗憾，就是为下辈子提前写的缘

Mood 92

《情绪第 92 天》
此画说送给拥有过短暂感情的人

他

他用一份真情换一场闹剧
她用一句 Sorry 代替结局
许多时候承诺是说给自己
越会在意的人却越折磨你
即使努力借助风又借助雨
想飞走的终究狠心被离去
不必说是谁的承诺被忘记
真真假假唯她有权去定义

"那挺好的,在一起那么短还让你哭过,不好意思"

这是一群白鸟限时飞跃的伤
这是一条鲸鱼写故事的已往
这是一片不甘跨越过的海洋

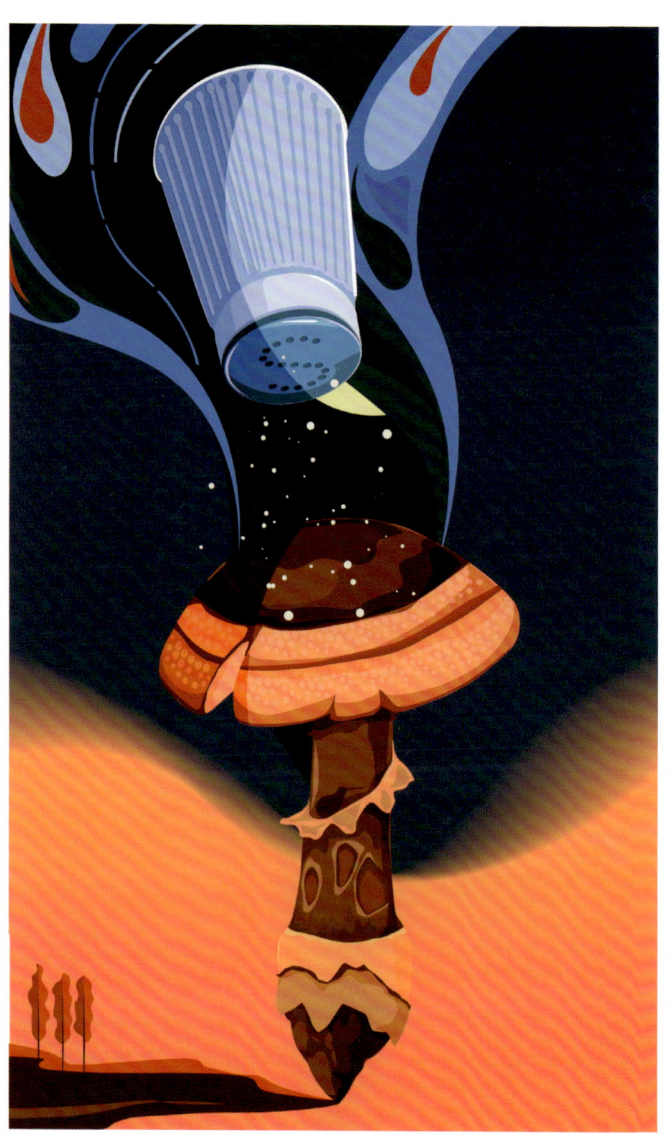

被风吹散的彩虹
紫色：或许有的遗憾，就是为下辈子提前写的缘

Mood 93

《情绪第 93 天》
此画说送给怕爱情败给新鲜感的人

她

时间腐蚀了新鲜
誓言但愿变成盐

"短点好,至少新鲜"

许多的誓言最后都败给了新鲜感
一颗代表许多人口中爱情的鲜,
当新鲜不在
就需要在油盐酱醋般的生活中,寻找最佳滋味
可有多少人在意过这颗鲜菇的感受

没能在放弃前撒上盐
愿你能在恋爱中,适度加点调味料
别让那好不容易得到的爱情变淡,变质

被风吹散的彩虹

紫色：或许有的遗憾，就是为下辈子提前写的缘

Mood 94

《情绪第 94 天》
此画说送给收过花的人

他

做个情绪稳定的收花人
花谢时就不会入戏太深

"嗯，像以前送给你的花那样新鲜"

我还记得那熟悉的花店
那各色的买花女人
那花上的水滴
和最后不舍的分离

Mood 95

《情绪第 95 天》
此画说送给有过异地恋经历的人

她

因为你，飞机晚点我也格外感激

"那天直到在飞机上，我都在等你一句话"

可能是我高估自己
直到快起飞我才关机
我问云是飞机晚点的错
还是我应该晚点遇见你

被风吹散的彩虹
紫色：或许有的遗憾，就是为下辈子提前写的缘

《情绪第 96 天》
此画说送给摇摆不定的人

他

从清晨到天黑
时间不等摇摆的木马人
从清醒到荒废
或许路上已有出发的凡身

"我知道，可是……"

遗憾会比错判更后悔
既然没有影响到别人
更未曾伤害到自己
那想做就做吧

或许就在你想的时候
别人已经在做的路上

Mood 96

被风吹散的彩虹
紫色：或许有的遗憾，就是为下辈子提前写的缘

Mood 97

《情绪第 97 天》
此画说送给写过思念的人

她

下一封信要比永远多一夜（页）

画一个倾斜的窗
这样容易进一道思念的光
写字漂亮的姑娘
想把故事结尾填满难遗忘
纸的清香 笔的绝望
编出吱吱声响
仿佛回到拥抱接吻的现场
信里全是她的温度
读信人把真情折起放在左心房
下一封信要写多长
会比永远多一夜（页）到天亮

"写的信，都收到了吧"

好久没人给你写信了吧
那种带着温度的信，那种可以触摸写字痕迹的感觉
现在的我们都被冰冷的邮件、手机包围着
方便了我们相互寒暄
可也让我们渐行渐远
更忘了等待信的心情
和那种珍贵幸福

被风吹散的彩虹
紫色：或许有的遗憾，就是为下辈子提前写的缘

《情绪第 98 天》
此画说送给为等一通电话而不敢睡的人

他

天亮前
选择一颗心的落脚点
难入眠
担心电话不通或占线

"收到了"

记得你刚离开的时候
我拿着电话犹豫不定
不通担心
通了醉心
占线多心

Mood 98

被风吹散的彩虹

紫色：或许有的遗憾，就是为下辈子提前写的缘

Mood 99

《情绪第 99 天》
此画说送给地铁里拥抱的人

她

拥抱勇敢
在倒数十秒后车门紧关,窥看地铁里谁比谁不安
说晚安担心给颜色添麻烦
落空心酸
撒手的不舍从掌心到指尖,在原地打转画一个遗憾
故事句点未必与完美无关
书写答案
自欺欺人的道理说不完,不应该设定拥抱时太短
有一种圆满叫得不到的缘

"那我先走了。你好好的(再抱一下吧)"

在地铁快关门这十秒钟里
两个人拥抱后潇洒地分开
一个在地铁下微笑,一个在地铁上挥手
撒手的不舍是从掌心到指尖
然后
会不会有人的手机
弹出添加好友的对话框

被风吹散的彩虹
紫色：或许有的遗憾，就是为下辈子提前写的缘

《情绪第 100 天》
此画说送给限时恋爱的人

他

沙钟还是哭净流沙
流干所有意外成诗画
行李寄存在蓝鲸家
偷走晚安不用有牵挂
故事不长讲成哑巴
会把最好的自己留给最后的他

"你也好好的（像我们在一起时那样）"

（回忆中）
时间差不多了
行李就拿这些
最后她还是选择去日本留学
对于未来彼此心照不宣
不用说过多的承诺
因为曾经给过承诺的人都叫前任
以后的日子也许晚安会渐渐淡去
可对于这四年会越来越加深
不管怎样
他都希望她把自己照顾好
再把最好的自己留给最后结婚的人

Mood 100

全剧终

书 解

【红色第 9 天 与 紫色第 99 天】
红 9 正是因为看见对面拥抱的紫 99 后,
才想起有她的曾经往事。所以他说对面的情侣可以作证。

【紫色第 94 天 与 青色第 63 天】
那是紫 94 第一次准备送她花,在花店与一位手捧迎春花的女孩擦肩而过。
这后来每次去的时候都会遇见青 63 的女孩,和她手中的迎春花。

【青色第 58 天 与 橙色第 22 天】
青 58 的感冒严重了,没办法只能一个人去医院。
在交费时排在他前面的夫妻橙色 22 总在拌嘴,
可男人一直在握着女人的手,一直没有撒开。

【橙色第 20 天 与 黄色第 37 天】
橙 20 正在热恋,从接她下班到接她一起回家,
在熟悉的车站我从不晚点。
不像那个大大咧咧的女孩黄 37,
经常拎着包踩着高跟鞋,狼狈地在后面追车。

【黄色第 35 天 与 绿色第 54 天】
黄 35 快毕业前,朋友们总是一起去看夜场电影,
电影院里除了情侣,
就我们几个和坐在第一排的绿 54 女孩。

【绿色第 48 天 与 蓝色第 74 天】
雨天时大家都在忙忙碌碌只有我绿 48 不着急,
反正一个人,跟雨玩会儿再回家。
或许过会儿我也会像前面淋雨的蓝 74 一样,等彩虹。

【蓝色第 76 天 与 红色第 11 天】
不记得从什么时候开始,
蓝 76 住的地方经常会从楼上传来琴声。
我从没想过主动去找楼上的红 11,因为我不想打破我的幻想。

世界因我们有同样的情绪而变得拥挤、未必相遇

**画·揭开伪装的长发
说·不经意把妆哭花**

画·揭开伪装的长发
说·不经意把妆哭花
白天我们相互寒暄,
有时说一些自己都不信的话,
可能是安慰或保护,
像女生盘起的长发。

而画说希望将你盘好的长发,
能够放松放下来,
面对自己内心的情绪。

把妆哭花,不仅是说女生,
也在映射所有戴着面具生活的人们,
我们都很累,
不如找适合自己情绪的某一天,
把自己伪装的妆哭花一次,解解压……